KB109693

머리말에 두고 읽는 시

■ 이 도서의 국립중앙도서관 출판예정도서목록(CIP)은
서지정보유통지원시스템 홈페이지(http://seoji.nl.go.kr)와
국가자료공동목록시스템(http://www.nl.go.kr/kolisnet)에서 이용하실 수 있습니다.
(CIP제어번호: CIP2020025077)

머리맡에 두고 읽는 시

김용택

윤동주

바람이 부는데
내 괴로움에는
이유가 없어라

마음산책

윤동주

1917년 간도의 명동촌에서 태어났다. 명동소학교와 은진중학교를 거쳐 평양의 숭실중학교로 편입했으나 신사참배 거부 사건으로 폐교된 후, 광명학원 중학부를 졸업하고 연희전문학교 문과에 진학했다. 이후 1942년 일본으로 가 도쿄 릿쿄대학 영문과에 입학했다가 교토의 도시샤대학 영문과로 편입하였다. 1943년 독립운동을 모의한 혐의로 체포되어 징역 2년 형을 선고받고 복역 중 1945년 광복을 여섯 달 앞두고 옥사했다. 1948년 유고 시집 『하늘과 바람과 별과 시』가 간행되었다.

머리맡에 두고 읽는 시 **윤동주**
바람이 부는데 내 괴로움에는 이유가 없어라

1판 1쇄 발행 2020년 6월 30일
1판 3쇄 발행 2022년 4월 5일

지은이 | 김용택
펴낸이 | 정은숙
펴낸곳 | 마음산책

편집 | 권한라 · 성혜현 · 김수경 · 나한비
디자인 | 최정윤 · 오세라 · 차민지
마케팅 | 권혁준 · 권지원 · 김은비
경영지원 | 박지혜

등록 | 2000년 7월 28일(제2000-000237호)
주소 | (우 04043) 서울시 마포구 잔다리로 3안길 20
전화 | 대표 362-1452 편집 362-1451 팩스 | 362-1455
홈페이지 | www.maumsan.com
블로그 | blog.naver.com/maumsanchaek
트위터 | twitter.com/maumsanchaek
페이스북 | facebook.com/maumsan
인스타그램 | instagram.com/maumsanchaek
전자우편 | maum@maumsan.com

ISBN 978-89-6090-626-6 04810
978-89-6090-629-7 04810 (세트)

* 책값은 뒤표지에 있습니다.

어떤 잔꾀도, 가식도, 허풍도, 엄살도,

아양도 이 시에는 없다.

윤동주의 시다.

서문

김소월, 백석, 윤동주,
이상, 이용악의 시선집을 엮다

1

김소월 하면 「진달래꽃」「초혼」 등 몇 편의 시가 생각난다. 나는 소월의 「엄숙」이 좋다. 이상 하면 「오감도」다. 그러나 나는 이상의 「가정」이라는 시가 좋다. 이상의 시를 읽으며 나는 그가 때로 근대를 넘어 현대를 스쳐 지나가고 있다는 느낌이 들 때가 있다. 백석 하면 「나와 나타샤와 흰 당나귀」가, 윤동주 하면 「서시」가 비켜서지 않은 그들의 정면이다. 이용악의 서럽도록 아름다운 시 「집」이나 「길」 같은 시는 읽히지 않는다. 유명한 시인들의 강렬한 시 몇 편이 다양하고 다채롭고 역동적인 그들의 시 세계를 가로막고 있다.

그럴 수는 없겠지만, 그렇게 되지도 않겠지만, 김소월, 백석, 윤동주, 이상, 이용악 이 다섯 시인에게 고정시켜놓은 시대적, 시적, 인간적인 부동의 정면을 잠시 걷어내고 그들에게 자유의 '날개'를 달아주고 싶었다. 이 시선집을 엮으며 나는 이상이 친근해졌다. 그의 슬픔에는 비굴이 없다.

2

이 다섯 권의 시선집은 시인과 시를 연구한 시집이 아니다. 그냥 읽어서 좋은 시들이다. 누구나 편하게 읽을 시, 읽으면 그냥 시가 되는 시, 시 외에 어떤 선입견도 버린 그냥 '시'였으면 좋겠다. 마음이 어수선할 때, 내 삶을 무슨 말로 정리하고 넘어가고 싶을 때, 간절한 손끝이 가닿는 머리말에 이 시집들을 놓아드리고 싶다.

3

지금 당신이 애타게 찾는 말이, 당신을 속 시원하게 할 수는 없겠지만, 그럴 수는 없겠지만, 어쩌면 그럴 수도 있을 것이다. 그것이 이 시집이고, 이 시라면, 그러면, 지금의 당신도 저 달처럼 어제와는 다른 날로 한발 다가가거나 아까와는 다른 지금으로 생각의 몸집을 줄일 수 있을 것이다. 내일 아침 새로 디딜 땅을 스스로 만들 수 있는 이는 지금 바로 당신뿐이다.

4

달빛이 싫어 돌아눕고 돌아누워도 해결되지 않은 일이 실은, 달빛 때문이 아니었음을 나중에야 깨닫는다. 그것은 세상이 변해도 낡지 않을 사랑을 찾기 위한 저문 산길 같은 사람의 외로움이다. 철없는 외로움과 쓸데없는 번민들, 버려도 괜찮을 희망을 안쓰럽게 다독여주는, 내 머리맡의 시들, 달빛에 엎디어 읽던 시인들의 시들을 달빛처럼 쓸어 모아 새집을 지어주었다. 그 집은 '한 집안 식구 같은 달'이 뜬 나의 집이기도 하다.

2020년 여름

시인 김용택

◆ 일러두기

1. 윤동주 시의 원본과 현대어 표기는 『정본 윤동주 전집』(홍장학 엮음, 문학과지성사, 2004)을 참고했습니다.
2. 원본 중 한자는 모두 한글로 바꾸었습니다.
3. 원본을 따르되, 일부 맞춤법과 띄어쓰기는 내용을 해치지 않는 범위 내에서 현대어 표기에 맞게 바꾸었습니다.

차 례

윤동주의 삶이 우리들에게 별처럼 떠 있는 것은
그의 순결한 영혼이 당한 고통이 지금도 우리 마음에
고스란히 숨 쉬고 있기 때문이다.

무서운 시간

거 나를 부르는 것이 누구요.

가랑잎 이파리 푸르러 나오는 그늘인데,
나 아직 여기 호흡이 남아 있소.

한번도 손들어보지 못한 나를
손들어 표할 하늘도 없는 나를

어디에 내 한 몸 둘 하늘이 있어
나를 부르는 것이오.

일이 마치고 내 죽는 날 아침에는
서럽지도 않은 가랑잎이 떨어질텐데……

나를 부르지 마오.

윤동주는 1917년에 태어나 1945년에 죽었다. 나라 없는 나라에서 태어나 평생 암흑의 시대를 그는 살았다. 윤동주의 삶이 우리들에게 별처럼 떠 있는 것은 그의 순결한 영혼이 당한 고통이 지금도 우리 마음에 고스란히 숨 쉬고 있기 때문이다. 그는 시인 이전에 '시인'이다. 끝끝내 인간의 영혼을 지켜낸 한 사람을 우리는 가졌다.

만돌이

만돌이가 학교에서 돌아오다가
전봇대 있는 데서
돌재기 다섯 개를 주웠습니다.

전봇대를 겨누고
돌 첫 개를 뿌렸습니다.
——딱——
두 개째 뿌렸습니다.
——아뿔싸——
세 개째 뿌렸습니다.
——딱——
네 개째 뿌렸습니다.
——아뿔싸——
다섯 개째 뿌렸습니다.
——딱——

다섯 개에 세 개……

그만하면 되었다.

내일 시험,

다섯 문제에, 세 문제만 하면——

손꼽아 구구를 하여봐도

허양 육십 점이다.

볼 거 있나 공 차러 가자.

그 이튿날 만돌이는

꼼짝 못 하고 선생님한테

흰 종이를 바쳤을까요

그렇잖으면 정말

육십 점을 맞았을까요

아카시아잎은 잎자루를 두고 왼쪽과 오른쪽이 정확한 대칭을 이루며 달려 있다. 그리고 이파리 하나가 꼭짓점을 마무리한다.

혼자 집에 가며 오른쪽 잎 하나 따면서 집에 가면 엄마가 있다, 왼쪽 것을 따면서 없다, 오른쪽 잎 하나를 따면서 있다, 없다, 있다, 를 반복하는 외로움을 느껴본 적이 있을 것이다. 연인들끼리 또 이런저런, 아무것도 아닌 것을 가지고 잎 따기 내기를 해보았을 것이다. 단짝 친구와 둘이 집에 가며 가위바위보를 해서 이긴 사람이 잎 한 장씩을 따면 꿀밤을 주기도 해보았을 것이다.

이제 그 누구도 아카시아잎을 따서 꿀밤 주기를 하지 않는다. 만돌이도 돌멩이도 아카시아잎도 없다. 외로움이 사라졌다. 심심하고 외로운 시간이 없어서, 정말 모두 혼자다.

눈 감고 간다

태양을 사모하는 아이들아
별을 사랑하는 아이들아

밤이 어두웠는데
눈 감고 가거라.

가진 바 씨앗을
뿌리면서 가거라

발부리에 돌이 채이거든
감았던 눈을 와짝 떠라.

동시를 읽으면서 나는 동시와 일반 시가 따로 있나? 하는 생각이 들 때가 있다. 어린이가 읽어도 좋고 어른이 읽어도 좋은 시가 좋은 시다. 「고향의 봄」이나, 「감자꽃」 같은 시는 어른이나 어린이 모두 좋아하는 시들이다. 다 그렇다는 것은 아니다.

윤동주의 시에는 어른이나 어린이가 읽어도 되는 시와 동시가 많다. 윤동주의 시는 옛이야기지만 표현은 매우 현대적이고, 현실적이다. 삶의 이야기라는 말이다. 삶과 밀착된 시는 동시든 아니든 오랫동안 낡지 않는 감동을 준다.

이 시집의 많은 시들은 동시에 가까운 시들이다. 어른과 어린이가 따로 읽어야 하는 시가 아니라 누구나 다 읽어도 좋은 윤동주의 착하고 선한 시들이다. 이 시를 읽고 모두 새로운 눈을 '와짝' 떴으면 좋겠다.

못 자는 밤

하나, 둘, 셋, 네

……

밤은

많기도 하다.

그가 센 것은 별이었을까. 어제와 그제, 그리고 그전의 밤들과 앞으로 다가올 하루하루 밤이었을까. 별을 세든 밤을 세든 하나, 하나 무엇인가를 헤아렸을, 그 시간 속에서 떠올렸을 그 무엇들을 나는 생각한다.

비 뒤

"어—얼마나 반가운 비냐"
할아버지의 즐거움.

가물 들었던 곡식 자라는 소리
할아버지 담배 빠는 소리와 같다.

비 뒤의 햇살은
풀잎에 아름답기도 하다.

'가물 들었던 곡식 자라는 소리

할아버지 담배 빠는 소리와 같다.'

이 말은 진짜다. 가문 논에 물이 들어가면 정말로 할아버지가 담배 빠는 소리가 난다. 가물었던 논이, 흙이, 물을 빨아들이는 빽빽 소리가 난다. 비를 기다렸던 농부의 마음을 이렇게 절절하게 표현한 시도 드물다.

호주머니

옇을 것 없어
걱정이던
호주머니는,

겨울만 되면
주먹 두 개 갑북갑북.

깨끗한 가난, 그리고 윤동주의 가난한 주머니를 가진 우리의 행복.

햇빛·바람

손가락에 침 발라
쏘—ㄱ, 쏙, 쏙
장에 가는 엄마 내다보려
문풍지를
쏘—ㄱ, 쏙, 쏙

아침에 햇빛이 빤짝,

손가락에 침 발라
쏘—ㄱ, 쏙, 쏙
장에 가신 엄마 돌아오나
문풍지를
쏘—ㄱ, 쏙, 쏙

저녁에 바람이 솔솔.

우리 집 문은 창호지 문이었다. 눈이 오는 아침이면 추워 밖에 나가지 않고 손에 침을 발라 창호지 문에 구멍을 내고 마당 가득 내리는 눈을 바라보았다. 문구멍으로 눈이 펑펑 내리는 것이 보였다. 나도 하나 동생들도 한 개씩, 문에는 키 높이대로 구멍이 송송 뚫렸다. 그런 우리들을 보고 혼내며 어머니는 바늘구멍으로 황소바람이 들어온다고 했다.

참새

앞마당을 백로지인 것처럼
참새들이 글씨 공부하지요

짹, 짹, 입으론 부르면서,
두 발로는 글씨 공부하지요.

하루 종일 글씨 공부하여도
짹 자 한 자밖에 더 못 쓰는 걸.

새로 복원한 우리 집 기와지붕 처마 밑에 참새 두 마리가 들어갔다 나왔다 한다. 유심히 바라보았다. 참새들이 집을 짓나 보다. 애기 사과 푸른 새잎도 물고 들어가고 제법 긴 마른 풀잎도 물고 들어가고 마당에 내려와 흙과 지푸라기도 함께 물고 들어간다.

마을의 온갖 새들이 지금은 새로 집을 짓고 있다. 봄이 오면 새들은 새집을 짓는다. 새집을 둥지라 한다. 둥지, 이름이 예쁘다.

이불

지난밤에

눈이 소—복이 왔네

지붕이랑

길이랑 밭이랑

추워한다고

덮어주는 이불인가 봐

그러기에

추운 겨울에만 내리지

보리는 가을에 씨를 뿌린다. 가을에 어린 싹이 나서 겨울을 지낸다. 눈이 많이 온 날 눈을 헤집고 보리밭을 보면 보리들이 푸르다. 정말 푸르다. 보리밭에 오는 눈은 보리의 따뜻한 이불이다.

귀뚜라미가 나와

귀뚜라미가 나와
잔디밭에서 이야기했다.

귀뚤귀뚤
귀뚤귀뚤

아무게도 알려주지 말고
우리 둘만 알자고 약속했다.

귀뚤귀뚤
귀뚤귀뚤

귀뚜라미와 나와
달 밝은 밤에 이야기했다.

사람들은 둘만 알아야 할 말을 이렇게 말하기도 한다. "너 한테만 말하는데, 너 어디 가서 절대 이 말하면 안 된다"고 '이 말'을 한다. 사람들은 또 이 말은 무덤까지 가져가야 한다고 한다. 뒷산 무덤 속에는 정말 하고 싶은 말들이 둥그렇게 묻혀 있을까.

해바라기 얼굴

누나의 얼굴은
  해바라기 얼굴
해가 금방 뜨자
  일터에 간다.

해바라기 얼굴은
  누나의 얼굴
얼굴이 숙어 들어
  집으로 온다.

시는 어제 썼어도 오늘이고 그제 썼어도 지금이다.

내일 쓰면, 모레다. 좋은 시는 늘 현실이다.

애기의 새벽

우리 집에는
닭도 없단다.
다만
애기가 젖 달라 울어서
새벽이 된다.

우리 집에는
시계도 없단다.
다만
애기가 젖 달라 보채어
새벽이 된다.

가만히 눈시울이 붉어지는 시다.

닭은 3시쯤 운다. 마을의 제일 윗집 세일이네 닭이 울면 바로 아랫집 현호네 닭이 운다. 현호네 닭이 울면 이어서 현복이네 닭이 울었다. 그렇게 차례차례 집집이 키운 닭들이 울다가 우리 마을 제일 끝 집 윤환이네 닭이 울기까지 30분쯤 걸린다. 닭들은 30분쯤 쉬었다가 또 울기 시작한다. 그러면 새벽 4시쯤 된다. 그렇게 닭이 네 번쯤 울면 날이 환하게 샌다.

초저녁에 닭이 울면 동네 사람들은 마을에 불이 난다고, 재수 없다고, 그 닭은 잡아 나누어 먹기도 했다.

반딧불

가자, 가자, 가자,

숲으로 가자.

달 조각을 주우러

숲으로 가자

그믐밤 반딧불은

부서진 달 조각

가자, 가자, 가자,

숲으로 가자.

달 조각을 주우러

숲으로 가자.

나무들이 우거진 여름밤 숲속에 들어가면 나뭇잎과 나뭇가지 위에 내려 미끄러진 달빛이, 빛으로 조각조각 떨어진다.

여름밤 강변에 나가면, 반딧불이들이 공중을 날아다닌다. 반딧불이들이 날아다니며 긋는 빛의 선은 아름다운 음악의 선율 같다. 어느 때가 되면 반딧불이들은 허공을 떠나 풀 섶에 들어 반짝인다. 어둔 풀 섶에서 반짝이는 반딧불이들도 줍고 싶은 달 조각 같다. 어둠 속에 빛은 길이다.

사람들이 '반딧불'을 '반딧불이'라고 한다. 반딧불이가 맞단다. 그러나 나는 지금도 '반딧불'이라고 한다. 훨씬 우리들과 친숙하고 어감이 '반딧불'이라고 해야 더 좋다.

밤

외양간 당나귀
아—ㅇ 앙 외마디 울음 울고,

당나귀 소리에
으—아 아 애기 소스라쳐 깨고,

등잔에 불을 다오.

아버지는 당나귀에게
짚을 한 키 담아 주고,

어머니는 애기에게
젓을 한 모금 먹이고,

밤은 다시 고요히 잠드오.

정답고 고요한 밤이다.

깊은 밤, 소 워낭 소리가 들리면 문 여는 소리가 들렸다. 아버지는 소여물을 주며 여물 먹는 소 등을 몇 번 쓰다듬어주었다. 소가 여물을 먹는 워낭 소리가 잔잔하면, 아버지는 잔기침을 하며 주무셨다. 깊은 겨울밤, 아버지의 문 여는 소리, 문 닫는 소리는 조용하였다.

나무

나무가 춤을 추면
  바람이 불고,
나무가 잠잠하면
  바람도 자오.

바람이 인다고 한다.

바람이 분다고 한다.

바람이 잔다고 한다.

바람이 차다고 한다.

바람이 따듯하다고 한다.

바람이 세다고 한다.

아침 마파람, 저녁 뒤바람이라고도 한다.

아침 바람도 있고, 밤바람도 있고, 하늬바람도 있다.

북풍, 남풍, 동풍, 서풍. 남서풍도 편서풍도 북서풍도 동남풍…… 도 있다.

바람은 어디서 오느냐고 묻는다.

어제는 바람이 몹시 불었다고 한다. 심지어 눈보라, 비바람이라고도 한다. 오늘 바람 잔 산하고 나는 마주 앉아 있다.

창구멍

바람 부는 새벽에 장터 가시는
우리 아빠 뒷자취 보구 싶어서
침을 발라 뚫어 논 작은 창구멍
아롱아롱 아침해 비치웁니다

눈 내리는 저녁에 나무 팔러 간
우리 아빠 오시나 기다리다가
혀끝으로 뚫어 논 작은 창구멍
살랑살랑 찬바람 날아듭니다.

동생을 업고 창호지 문에 문구멍을 뚫고 밖을 내다본다. 구멍은 작아도 마당도 앞산도 마을 길도 다 보인다. 동생이 자꾸 내 머리를 잡아당긴다. 나는 동생에게도 문구멍을 하나 뚫어 주었다.

서시

죽는 날까지 하늘을 우러러
한 점 부끄럼이 없기를,
잎새에 이는 바람에도
나는 괴로워했다.
별을 노래하는 마음으로
모든 죽어가는 것을 사랑해야지
그리고 나한테 주어진 길을
걸어가야겠다.

오늘 밤에도 별이 바람에 스치운다.

나는 이 시에서 '잎새에 이는 바람'이라는 구절을 좋아한다. '모든 죽어가는 것들을 사랑'할 자신이 없고, '하늘을 우러러 한 점 부끄럼이 없'을 자신도 없고 '나한테 주어진 길'을 끝까지 잘 갈 자신도 없다.

윤동주의 「서시」는 읽을 때마다 '괴롭다'. 윤동주여서 서시序詩는 '서시'가 되었다. 어떤 잔꾀도, 가식도, 허풍도, 엄살도, 아양도 이 시에는 없다. 윤동주의 시다.

둘 다

바다도 푸르고,
하늘도 푸르고,

바다도 끝없고,
하늘도 끝없고,

바다에 돌 던져보고
하늘에 침 뱉어보오

바다는 벙글
하늘은 잠잠

둘 다 크기도 하오.

오늘 나는 해 뜨기 전, 어둠이 남아 있을 때 일어났다. 앞산이 먹빛이다. 검은 구름 네 장이 둥둥 떠서 빨리빨리 앞산을 넘어간다. 왜, 바쁘지? 했다. 구름 네 장이 산을 넘어가자 하늘이 정말 넓었다.

산울림

까치가 울어서
산울림,
아무도 못 들은
산울림.

까치가 들었다,
산울림,
저 혼자 들었다,
산울림.

우리 어린이들이 산을 울려봤을까? 산을 어떻게 울리는지 알까?

산을 울려서 무엇 하냐고? 산울림은 내 울음이거든. 내가 어떻게 우는지 자신의 울음소리를 들어보았을까?

겨울

처마 밑에
시래기 다람이
바삭바삭
춥소.

길바닥에
말똥 동그라미
달랑달랑
어오.

추운 날이다.

시래기는 무청을 엮어 말린 것이다. 무청을 지푸라기로 엮어 처마 밑에 달아놓으면 손만 대도 바스러질 정도로 바싹 마른다. 눈이 사나흘 내리는 날이면 마을 뒷산에서 새들이 마을로 내려와 먹이를 찾는데, 마른 시래기 잎을 쪼아 먹는 새가 있다. 멧새다. 로마 병사들처럼 노란 바탕에 검은 투구 깃을 쓴 작은 멧새가 시래기를 먹고 흰 눈 위에 싼 작은 똥은 푸르다.

개 1

눈 위에서

개가

꽃을 그리며

뛰오.

말이 없는 짐승들이라고 사람들은 다 자기 맘대로 생각을 해버린다. 개에게 직접 물어보지는 않았지만, 개는 눈을 좋아한단다. 눈이 펑펑 내려 쌓이는 마당을 제일 먼저 뛰어다니는 게 개였다. 흰 눈 위에 꽃송이 같은 발자국을 찍으면서.

윤동주 시인은 정말 시인이다.

편지

누나!

이 겨울에도

눈이 가득히 왔습니다.

흰 봉투에

눈을 한 줌 옇고

글씨도 쓰지 말고

우표도 붙이지 말고

말쑥하게 그대로

편지를 부칠까요

누나 가신 나라엔

눈이 아니 온다기에.

착하고 선한 마음이 손에 잡힐 듯하다. 순한 얼굴이 다가오는 듯하다. 나는 크고 빠르고 화려한 것보다 작고 느리고 낮은 것이 좋다.

천천히, 가만가만, 차례차례, 뒤따르는 사람이 그리울 때가 있다. 착하고 선한 마음은 어디든 갈 수 있다. 무엇이든 이을 수 있다. 말 안 해도 다 알아들을 수 있다. 윤동주 시인의 얼굴이 떠오르는 아름다운 시다.

버선본

어머니!
누나 쓰다 버린 습자지는
두어둬서 뭘 합니까?

그런 줄 몰랐더니
습자지에다 내 버선 놓고
가위로 오려
버선본 만드는걸.

어머니!
내가 쓰다 버린 몽당연필은
두어둬서 뭘 합니까

그런 줄 몰랐더니
천 위에다 버선본 놓고
침 발라 점을 찍곤
내 버선 만드는걸.

생생하게 살아 있는 시다. 오래된 이야기지만 표현이 현대적이다.

습자지를 모르는 사람들이 많을 것이다. 습자지는 미농지와 비슷하다. 바탕에 있는 그림이나 글씨를 따라 베낄 수 있도록 되어 있다. 밑그림이나 글자가 훤히 비치는 종이다. 오래전에 초등학교 4학년 이상은 붓글씨를 쓰게 되어 있었다. 그때 습자지 위에다가 붓글씨를 썼다. 습자지 준비 못 해가서, 친구한테 빌리거나 선생님께 혼나보지 않은 사람 없을 것이다. 일흔이 넘은 사람들은 몽당연필에 대한 추억도 많을 것이다. 연필이 짧아져서 손으로 쥘 수 없으면 작은 대나무를 잘라 대나무 구멍에 짧은 연필을 꽂아 썼다.

실상 까마득한 이야기다. 누가 요새 연필로 글씨를 쓰나.

코스모스

청초한 코스모스는
오직 하나인 나의 아가씨,

달빛이 싸늘히 추운 밤이면
옛 소녀가 못 견디게 그리워
코스모스 핀 정원으로 찾아간다.

코스모스는
귀또리 울음에도 수줍어지고,

코스모스 앞에 선 나는
어렸을 적처럼 부끄러워지나니,

내 마음은 코스모스의 마음이요.
코스모스의 마음은 내 마음이다.

순수한 마음이 코스모스 꽃으로 깨끗하게 드러났다. 수줍어하는 마음도 코스모스 꽃으로 다 모였다. 무엇을 보태거나 꾸미거나 더하거나 빼지도 않았다. 사람이 가지고 있는 본래 마음으로 시를 쓴다면 아마 이렇게 꾸밈없는 시를 쓸 것이다. '청초' '그리워' '수줍어' '부끄러워' '마음' 같은 말들은 때가 타지 않았다. 우리들의 '옛 마음'이 아마 이러했을 것이다.

사과

붉은 사과 한 개를

아버지, 어머니,

누나, 나, 넷이서

껍질째로 송치까지

다— 노나 먹었소.

사과가 귀할 때 이야기다. 네 식구가 둘러앉아 사과를 나누어 먹는 모습이 그림처럼 눈에 선하다.

닭 2

—— 닭은 나래가 커두

　　왜, 날잖나요

—— 아마 두엄 파기에

　　홀, 잊었나 봐.

이 시를 다음과 같이 쓸 수 있을 것이다.

—— 닭은 날개가 커도
왜 날지 못 나나요.
—— 아마 두엄 속 지렁이 파먹느라
정신없나 봐.

옛날 돼지우리나 소를 키우는 외양간에 짚이나 풀을 깔아 주었다. 소나 돼지 분뇨가 섞이면, 마당 구석으로 긁어내 푹 썩을 때까지 쌓아두었다. 그걸 두엄자리라 했다. 두엄 속을 뒤적이면, 지렁이나 벌레 들이 우글거렸다. 닭들이 발로 헤집어 자기도 먹고 병아리도 주었다.

어미 닭이 두엄을 헤집어 잡아준 지렁이를 서로 차지하려고 지렁이 몸통 끝을 물고 버티며 줄다리기를 하는 병아리들을 마당에서 흔히 볼 수 있었다. 봄 햇살이 가득한 우리 집 마당 풍경이었다.

가슴 3

불 꺼진 화독을

안고 도는 겨울밤은 깊었다.

재만 남은 가슴이

문풍지 소리에 떤다.

화독은 화덕의 북한 말이다. 화덕은 방 안에 돌을 쌓아 만든 화로 같다. 길고 긴 겨울밤 방 안을 데우기 위해서 사람들은 화로나 화덕을 만들었다. 화로나 화덕에 집 안의 불씨를 묻어두기도 했다. 화로의 불씨를 꺼트리면, 이웃집으로 불씨를 얻으러 가야 하기 때문에 불씨를 지키는 일은 매우 중요했다. 밤이 되면 사람들은 숯불을 화로 가득 담았다. 화롯가에 둘러앉아 어른들은 담배도 태우고 우리들은 알밤도 구워 먹었다.

옛날이야기를 많이도 알고 있던 할머니는 우리들을 밤마다 화롯가로 불러 모았다. 밤이 깊으면 화로 속의 숯불은 점점 식어가고 세 번째 이야기도 깊어져갔다. 할미니는 하룻지녁에 이야기를 세 개만 해주었다. 우리들이 더 해달라고 조르면, 눈을 껌벅이면서 이야기 좋아하면 가난하게 산다고 했다. 세 개의 이야기만 해주고 할머니는 또 다른 이야기를 창작해야 하는 시간을 벌어야 했기 때문이었을 것이다. 그러면 우리들은 화롯가를 떠났다. 불 꺼져 재만 남은 화로는 더욱 차고 방은 더욱 춥다.

문풍지는, 문틈으로 들어오는 바람을 막기 위해 문짝 주변을 돌아가며 바른 종이다. 겨울 찬바람이 불면 그 문풍지가 바람을 맞으며 바르르, 바르르 떨며 운다. 문풍지가 바람에 떨며 우는 소리는 겨울밤을 더 춥게 한다.

재만 남은 화독을 안고 도는 그 마음을, 조국 없는 나라 백성과 같다고 읽는다. '안고 돈다' '재만 남은 가슴' '문풍지' '떤다'는 말은 지금도 우리를 아프게 한다.

거짓부리

똑, 똑, 똑,

문 좀 열어주셔요.

하룻밤 자고 갑시다.

　　밤은 깊고 날은 추운데,

　　거, 누굴까?

문 열어 주구 보니,

검둥이의 꼬리가,

거짓부리한걸.

꼬기요, 꼬기요,

닭알 낳았다.

간난아! 어서 집어 가거라

　　간난이 뛰어가 보니,

　　닭알은 무슨 닭알.

고놈의 암탉이

대낮에 새빨간

거짓부리한걸.

닭은 알을 낳고 둥지를 나와 꼬꼬댁 꼬꼬댁 고개를 끄덕거리며 마당을 걸어다닌다. 닭이 알을 낳고 우는 소리는 다른 때 우는 소리하고 다르다. 암탉이 우는 소리를 듣고 어머니는 용택아, 알 꺼내 와라 하신다. 늦으면 구렁이가 먼저 와 있을 때도 있다. 구렁이는 알을 그냥 꿀꺽 삼킨다. 배가 볼록하다. 달걀을 삼킨 구렁이는 집 기둥을 감고 힘을 불끈 준다. 그러면 볼록한 배가 푹 꺼진다. 그전에 얼른 달걀을 가져와야 한다.

봄 1

우리 애기는
아래 발치에서 코올코올,

고양이는
가마목에서 가릉가릉

애기 바람이
나뭇가지에 소올소올

아저씨 해님이
하늘 한가운데서 째앵째앵.

가마목은 아랫목이다. 아궁이에 불을 때서 밥을 해 먹을 때는 부엌 아궁이 가까운 아랫목이 제일 따듯했다. 손님이 오면 아랫목에 앉게 했다. 밥을 먹을 땐 집안에서 제일 어른이 아랫목에 앉았다. 아랫목은 어렵고 귀한 곳이었다. 그곳에서 고양이가 자고 있다니, 버릇없다.

우리 집에도 고양이가 있다. 이름은 보리. 보리가 잠을 자는 곳은 정해져 있다. 어느 날 아무리 찾아도 없어서 납작 엎디어 소파 밑을 보았다. 보리는 이따금 그 좁고 어두운 곳에서 잠을 잔다. 옷장 문을 열어두고 깜박 잊으면 옷장 깊은 곳에서 잔다. 밤에는 내 침대 아래 이불 위에서 잔다. 이따금 아무도 없는 곳에서 자기도 한다. 알고 보니, 보리가 자는 곳은 방바닥 아래로 보일러 호스가 지나가는 따뜻한 곳이었다.

해비

아씨처럼 내린다
보슬보슬 해비
맞아주자, 다 같이
　옥수숫대처럼 크게
　닷 자 엿 자 자라게
　해님이 웃는다.
　나 보고 웃는다.

하늘 다리 놓였다.
알롱달롱 무지개
노래하자, 즐겁게
　동무들아 이리 오나.
　다 같이 춤을 추자.
　해님이 웃는다.
　즐거워 웃는다.

해비는 여우비의 북한 말이다. 우리들은 흔히 여우비라고 한다. 여우비는 해가 떠 있는데 내리는 비를 말한다. 우리 동네 사람들은 여우비가 내리면 호랑이가 장가간다고 했다. 호랑이가 장가간다는 말은 호랑이가 사는 생태에 비추어볼 때 말도 안 된다는 말이다.

날이 가물 때는 이렇게 여우비라도 내리면 옥수수가 좋아한다. 옥수수가 가뭄에 약하단다. 비가 안 오면 그 커다란 잎을 축 늘어뜨리고 불쌍하게 서 있기 때문이다.

가을밤

궂은비 내리는 가을밤
벌거숭이 그대로
잠자리에서 뛰쳐나와
마루에 쭈그리고 서서
아인 양하고
솨— 오줌을 싸오.

옛날에는 화장실이 마당 한쪽 구석에 있었다. 자다가 볼일을 보려면 마당을 지나 화장실을 가야 했다. 잘못하면 잠이 다 달아나버린다. 불면증이 있는 사람은 큰일일 것이다. 소변을 참고, 참고 참았는데 그때 마침 비가 온 것이다. 아주 잘되었다. 나도 어렸을 때 이렇게 빗줄기에 오줌을 보탠 적이 있다. 으으으으, 아주 시원하였다.

조개껍질

—바닷물 소리 듣고 싶어

아롱아롱 조개껍데기
울 언니 바닷가에서
주워 온 조개껍데기

여긴 여긴 북쪽 나라요
조개는 귀여운 선물
장난감 조개껍데기.

데굴데굴 굴리며 놀다,
짝 잃은 조개껍데기
한 짝을 그리워하네

아롱아롱 조개껍데기
나처럼 그리워하네
물소리 바닷물 소리.

앞산 뒷산 이마가 닿을 듯 깊은 산골에 사는 나는 바다를 보지 못하고 강물만 보며 살았다. 어른이 되어서야 바다를 보았다. 바다는 넓고 끝이 없었다. 모래밭으로 파도가 밀려오고 밀려나가는 것이 가장 신기했다. 쐬아, 쏴아, 쏴아……. 모래들이 작은 자갈들이 그 속에 작은 조개껍데기들이 파도에 쓸려왔다가 쓸려나갔다. 그때 흰 조개껍데기를 보았다. 꼬리만 남은 소라 껍데기도 보았다. 오랫동안 나는 파도 소리가 아련히 들리기도 해서, 산 아래 서서 소라 껍데기 속 파도 소리를 모아 듣곤 했다.

고향 집

—만주에서 부른

헌 짚신짝 끄을고

　나 여기 왜 왔노

두만강을 건너서

　쓸쓸한 이 땅에

남쪽 하늘 저 밑엔

　따뜻한 내 고향

내 어머니 계신 곳

　그리운 고향 집.

일본에게 나라를 빼앗긴 채 살았던 시절 우리 조상들의 글에 가장 많이 등장하는 강은 두만강이다. 두만강을 가보지 않았어도 우리는 두만강을 머릿속에 그릴 수 있다. 나라를 빼앗긴 조상들이 살기 위해 만주로 시베리아로 유랑의 길을 떠날 때 두만강을 건넜을 것이다. 강을 건널 때 덜커덩! 덜커덩! 덜커덩! 기차 바퀴 소리에 나라 없는 서러움을 뼈저리게 느꼈을 것이다. 짚신을 본 적 있는가. 짚으로 만든 신이다. 빗물이, 눈 녹은 흙탕물이 스며들어 발이, 양말이 젖었을 것이다. 양말이 아니라 버선이었다. 먼 길 떠나왔는데, 버선이나 성하겠는가. 산 설고 물 선 만주 땅, 발이 얼마나 시렸겠는가. 몸이 얼마나 떨렸겠는가. 마음은 또 얼마나 얼어붙었을까. 나라, 나라를 생각한다.

병아리

"뾰, 뾰, 뾰
엄마 젖 좀 주"
병아리 소리.

"꺽, 꺽, 꺽
오냐 좀 기다려"
엄마 닭 소리.

좀 있다가
병아리들은
엄마 품으로
다 들어갔지요.

봄이 되면 어미 닭이 열다섯, 열여섯 개쯤 자기가 낳은 알을 품는다. 스무하루가 지나면 노란 병아리들이 알을 깨고 세상으로 나온다. 봄볕이 따듯한 마당으로 나온 병아리들이 어미 닭을 종종종 따라다닌다. 어미 닭은 내가 땅에 뿌려준 싸라기나 막 돋아나는 풀잎이나, 봄볕에 땅속을 나온 작은 벌레들을 쪼아다가 병아리들에게 나누어 먹여준다. 그러다가 솔개란 놈이 나타나면 병아리들은 재빨리 어미 닭의 품속으로 모두 숨어 들어간다. 병아리들 깃털 하나 눈에 보이지 않게 엄마가 품속으로 다 숨겨준다. 엄마 품은 정말 크다.

장

이른 아침 아낙네들은 시든 생활을
바구니 하나 가득 담아 이고……
업고 지고…… 안고 들고……
모여드오 자꾸 장에 모여드오.

가난한 생활을 골골이 벌여놓고
밀려가고…… 밀려오고……
저마다 생활을 외치오…… 싸우오.

온 하루 올망졸망한 생활을
되질하고 저울질하고 자질하다가
날이 저물어 아낙네들이
쓴은 생활과 바꾸어 또 이고 돌아가오.

오래된 시골 장날 풍경이다. 집에서 키운 닭이나 닷새 동안 모은 달걀이나, 강아지를 보자기에 싸서 이고, 집에서 만든 망태나, 짚신, 갈퀴, 싸리비를 들고 지고 메고 30리, 40리 신작로 길을 걸어 장에 가던 사람들이 있었다. '시든 생활'이나, '생활을 외치오'나, '되질' '저울질' '자질'을 하다가 고달픈 생활을 알게 모르게 주고받고 바꾸어 다시 집으로 돌아가는 사람들의 모습이 고스란하다.

아우의 인상화

붉은 이마에 싸늘한 달이 서리어
아우의 얼굴은 슬픈 그림이다.

발걸음을 멈추어
살그머니 애딘 손을 잡으며
"너는 자라 무엇이 되려니"

"사람이 되지"
아우의 설운 진정코 설운 대답이다.

슬며—시 잡았던 손을 놓고
아우의 얼굴을 다시 들여다본다.

싸늘한 달이 붉은 이마에 젖어,
아우의 얼굴은 슬픈 그림이다.

어느 잡지에서 이 시를 보고 깜짝 놀랐다. 옛말들이 있기는 하지만 윤동주의 시어들은, 이미지는 매우 현대적이다. 살아 있는 말이다.

'애딘'이란 말은 사전에서 찾지 못했다. 글의 내용으로 볼 때, '여리다'라는 뜻이 담겨 있는 듯하다. 사람이 된다는 건 정말 얼마나 어려운 말인가.

별 헤는 밤

계절이 지나가는 하늘에는
가을로 가득 차 있습니다.

나는 아무 걱정도 없이
가을 속의 별들을 다 헤일 듯합니다.

가슴속에 하나 둘 새겨지는 별을
이제 다 못 헤는 것은
쉬이 아침이 오는 까닭이요,
내일 밤이 남은 까닭이요,
아직 나의 청춘이 다하지 않은 까닭입니다.

별 하나에 추억과
별 하나에 사랑과
별 하나에 쓸쓸함과
별 하나에 동경과

별 하나에 시와
별 하나에 어머니, 어머니,

어머님, 나는 별 하나에 아름다운 말 한마디씩 불러 봅니다. 소학교 때 책상을 같이 했던 아이들의 이름과, 패, 경, 옥 이런 이국 소녀들의 이름과 벌써 애기 어머니 된 계집애들의 이름과, 가난한 이웃사람들의 이름과, 비둘기, 강아지, 토끼, 노새, 노루, '프랑시스 잠' '라이너 마리아 릴케', 이런 시인의 이름을 불러봅니다.

이네들은 너무나 멀리 있습니다.
별이 아슬히 멀듯이,

어머님,
그리고 당신은 멀리 북간도에 계십니다.

나는 무엇인지 그리워
이 많은 별빛이 내린 언덕 위에
내 이름자를 써보고,
흙으로 덮어버리었습니다.

따는 밤을 새워 우는 벌레는

부끄러운 이름을 슬퍼하는 까닭입니다.

애틋, 애잔, 애석, 외로움, 다정, 다감, 슬픈 얼굴들이 이 시 속에 다 살아 있다. 나는, '나는 아무 걱정도 없이/ 가을 속의 별들을 다 헤일 듯합니다'와 '어머님,/ 그리고 당신은 멀리 북간도에 계십니다'를 좋아한다. 많은 얼굴들을 지칭하는 '이네들'이란 말은 얼마나 정답고, 또 슬픈가. 이 시의 한마디 말을 찾아들라면, 나는 '이네들'이란 말에 손 들어주겠다.

자화상

산모퉁이를 돌아 논가 외딴 우물을 홀로 찾아가선
가만히 들여다봅니다.

우물 속에는 달이 밝고 구름이 흐르고 하늘이 펼치고
파아란 바람이 불고 가을이 있습니다.

그리고 한 사나이가 있습니다.
어쩐지 그 사나이가 미워져 돌아갑니다.

돌아가다 생각하니 그 사나이가 가엾어집니다. 도로 가
들여다보니 사나이는 그대로 있습니다.

다시 그 사나이가 미워져 돌아갑니다.
돌아가다 생각하니 그 사나이가 그리워집니다.

우물 속에는 달이 밝고 구름이 흐르고 하늘이 펼치고

파아란 바람이 불고 가을이 있고 추억처럼 사나이가 있습니다.

선생을 할 때 나는 한 시간쯤 강물을 따라 혼자 걸었다. 차도 사람들도 없는 호젓한 강 길이었다. 어느 날 길가에서 산수국꽃을 보았다. 이런 시를 써보았다.

아침저녁으로 다니는 산 아래 강길
오늘도 나 혼자 걸어갑니다

산모퉁이를 지나 한참 가면
바람결처럼 누가 내 옷자락을 가만가만 잡는 것도 같고
새벽 물소리처럼 나를 가만가만 부르는 것도 같습니다
그래도 나는 그 자리를 그냥 지나갑니다

오늘도 그 자리 거기를 지나는데
누군가 또 바람같이 가만가만 내 옷깃을 살며시 잡는 것

도 같고

물소리같이 가만가만 부르는 것 같아도

나는 그냥 갑니다

그냥 가다가 다시 되돌아와서

가만히 흔들렸던 것 같은

나무 이파리를 바라봅니다

그냥 가만히 바라보다가

다시 갑니다

다시 가다가 다시 되돌아와서

가만히 서 있다가

흔들렸던 것 같은 나뭇잎을 가만히 들춰봅니다

아, 찬물이 맑게 갠 옹달샘 위에

산수국꽃 몇 송이가 활짝 피어 있었습니다

나비같이 금방 건드리면

소리 없이 날아갈 것 같은

꽃 이파리가 이쁘디이쁜

산수국꽃 몇 송이가 거기 피어 있었습니다.

— 나의 시 「산수국꽃」 전문*

---

* 김용택, 『그 여자네 집』(창비, 1998), 80~81쪽

병원

살구나무 그늘로 얼굴을 가리고, 병원 뒤뜰에 누워, 젊은 여자가 흰옷 아래로 하얀 다리를 드러내놓고 일광욕을 한다. 한나절이 기울도록 가슴을 앓는다는 이 여자를 찾아오는 이, 나비 한 마리도 없다. 슬프지도 않은 살구나무 가지에는 바람조차 없다.

나도 모를 아픔을 오래 참다 처음으로 이곳에 찾아왔다. 그러나 나의 늙은 의사는 젊은이의 병을 모른다. 나한테는 병이 없다고 한다. 이 지나친 시련, 이 지나친 피로, 나는 성내서는 안 된다.

여자는 자리에서 일어나 옷깃을 여미고 화단에서 금잔화 한 포기를 따 가슴에 꽂고 병실 안으로 사라진다. 나는 그 여자의 건강이—아니 내 건강도 속히 회복되기를 바라며 그가 누웠던 자리에 누워본다.

「병원」이라는 시는 윤동주 시로서는 나에게 아주 낯선 시다. 이 시선집을 엮으며 처음 보았다. '살구나무 그늘로 얼굴을 가리고'라는 구절에 어디선가 봄바람이 불어오는 것 같다. 살구나무 그늘 같은 날개 달린 나비가 되어 날아가고픈, 봄날을 나도 지나왔다.

슬픈 족속

흰 수건이 검은 머리를 두르고

흰 고무신이 거친 발에 걸리우다.

흰 저고리 치마가 슬픈 몸집을 가리고

흰 띠가 가는 허리를 질끈 동이다.

흰 수건 머리에 두르고, 흰 적삼에 검정 치마 허리를 질끈 동여매고, 어머니는 등에 아기 업고 물동이 머리에 이고 한 손으로는 물동이 잡고, 한 손으로는 이맛머리에 떨어지는 물방울 훔쳐 뿌리며 고샅길을 부산하게 걸어오셨다. 날이 저문 줄 모르고 일하시다가 밤이 되면 다리를 뻗고 앉아 발이 뜨겁다고, 발바닥을 문질러 발바닥 불을 껐다. 그래도 어머니는 그때가 좋았다고 한다. 좋았던 그때가 어느 때인지 나는 모른다. 좋았던 그때 그 일들이 무슨 일인지도 나는 모른다. '그래도'라는 말 속에 들어 있는 뜻은 어렴풋이 알 것도 같다. 그때 그곳은 어머니가 늘 말씀하신, '사람이 그러면 못쓴다'는 말이 살아 있던 시절이 아니었을까. 인간의 슬픔이 살아 있던 때 말이다.

투르게네프의 언덕

나는 고갯길을 넘고 있었다…… 그때 세 소년 거지가
나를 지나쳤다.

첫째 아이는 잔등에 바구니를 둘러메고, 바구니 속에는
사이다 병, 간즈매 통, 쇳조각, 헌 양말짝 등 폐물이
가득하였다.

둘째 아이도 그러하였다.

셋째 아이도 그러하였다.

텁수룩한 머리털, 시커먼 얼굴에 눈물 고인 충혈된 눈, 색
잃어 푸르스름한 입술, 너덜너덜한 남루, 찢겨진 맨발,

아—얼마나 무서운 가난이 이 어린 소년들을
삼키었느냐!

나는 측은한 마음이 움직이었다.

나는 호주머니를 뒤지었다. 두툼한 지갑, 시계,
손수건…… 있을 것은 죄다 있었다.

그러나 무턱대고 이것들을 내줄 용기는 없었다. 손으로
만지작만지작거릴 뿐이었다.

다정스레 이야기나 하리라 하고 "얘들아" 불러보았다.

첫째 아이가 충혈된 눈으로 흘끔 돌아다볼 뿐이었다.

둘째 아이도 그러할 뿐이었다.

셋째 아이도 그러할 뿐이었다.

그리고는 너는 상관없다는 듯이 자기네끼리 소근소근 이야기하면서 고개로 넘어갔다.

언덕 위에는 아무도 없었다.

짙어가는 황혼이 밀려들 뿐—

「투르게네프의 언덕」을 쓴 시기는 1939년 9월경이라고 한다. 일제 식민 지배가 극에 달한 때다. 만주에서 살다가 경성으로 온 윤동주의 그때 나이는 22세였다. 경성은 지금의 서울이다. 이 시에는 식민지의 실상이 여실히 드러난다.

이 시는 러시아 소설가 투르게네프의 산문시 「거지」를 모티프로 한 시라고 한다. 다음은 투르게네프의 「거지」 중 일부이다.

> 거리를 걷다가…… 초라한 늙은 거지가 내 발길을 멈추게 한다.
>
> 눈물 어린 충혈된 눈, 파리한 입술, 다 해진 누더기 옷, 더러운 상처…… *

* 이반 세르게예비치 투르게네프, 『사랑은 죽음보다 강하다』(민음사, 2018), 조주관 옮김, 25쪽

소년

여기저기서 단풍잎 같은 슬픈 가을이 뚝뚝 떨어진다. 단풍잎 떨어져 나온 자리마다 봄을 마련해놓고 나뭇가지 위에 하늘이 펼쳐 있다. 가만히 하늘을 들여다보려면 눈썹에 파란 물감이 든다. 두 손으로 따뜻한 볼을 씻어 보면 손바닥에도 파란 물감이 묻어난다. 다시 손바닥을 들여다본다. 손금에는 맑은 강물이 흐르고, 맑은 강물이 흐르고, 강물 속에는 사랑처럼 슬픈 얼굴—아름다운 순이의 얼굴이 어린다. 소년은 황홀히 눈을 감아본다. 그래도 맑은 강물은 흘러 사랑처럼 슬픈 얼굴—아름다운 순이의 얼굴은 어린다.

'소년'이라는 말과 윤동주의 시에 이따금 등장하는 사람 '순이'가 이렇게나 잘 어울려 상상의 날개를 달게 하는 시도 없다. 손댈 수 없는 순정한 영혼의 그 어떤 '나라'를 들여다보는 것 같다.

눈 오는 지도

순이가 떠난다는 아침에 말 못 할 마음으로 함박눈이 내려, 슬픈 것처럼 창밖에 아득히 깔린 지도 위에 덮인다.

방 안을 들여다보아야 아무도 없다. 벽과 천장이 하얗다. 방 안에까지 눈이 내리는 것일까. 정말 너는 잃어버린 역사처럼 홀홀히 가는 것이냐, 떠나기 전에 일러둘 말이 있던 것을 편지를 써서도 네가 가는 곳을 몰라 어느 거리, 어느 마을, 어느 지붕 밑, 너는 내 마음속에만 남아 있는 것이냐, 네 쪼그만 발자국을 눈이 자꾸 내려 덮여 따라갈 수도 없다. 눈이 녹으면 남은 발자국 자리마다 꽃이 피리니, 꽃 사이로 발자국을 찾아 나서면 일년 열두 달 하냥 내 마음에는 눈이 내리리라.

‘어느 마을, 어느 지붕 밑, 너는 내 마음속에만 남아 있는 것이냐, 네 쪼그만 발자국을 눈이 자꼬 내려 덮여 따라갈 수도 없다. 눈이 녹으면 남은 발자국 자리마다 꽃이 피리니, 꽃 사이로 발자국을 찾아 나서면 일년 열두 달 하냥 내 마음에는 눈이 내리리라.’

이 대목을 나는 다섯 번 읽었다. 그리고 여섯 번째 읽는다. 그리고 내 마음의 지도에도 ‘하냥’ 눈이 내렸다.

십자가

쫓아오던 햇빛인데
지금 교회당 꼭대기
십자가에 걸리었습니다.

첨탑이 저렇게도 높은데
어떻게 올라갈 수 있을까요.

종소리도 들려오지 않는데
휘파람이나 불며 서성거리다가,

괴로웠던 사나이,
행복한 예수·그리스도에게
처럼
십자가가 허락된다면

모가지를 드리우고
꽃처럼 피어나는 피를

어두워가는 하늘 밑에

조용히 흘리겠습니다.

이 시선집을 묶으면서, 내가 윤동주의 시 끝에 '사족'을 다는 것에 대해 나는 '괴로워'했다.

그의 시를 읽고 그의 시에 말을 걸기에 나는 너무 오래 살았고, 낡았다.

윤동주의 이름을 말하고, 그의 시에 접근하기에 그때 그 시절 역사는 너무 내게 벅차다. 역사를, 시를, 영혼을 말하기에 나는 너무 공부가 모자란다. 그러나 누구나 다 시를 읽으면 자기만의 생각이 인다.

그 소소한 생각들을 나는 썼다. 조심스러움을 내 어찌 모르겠는가. 윤동주와 그의 시에 누가 되지 않을까. 고심하고, 걱정하고, 염려하고, 힘들어하고, 글을 써놓고 부끄러워했다. 지금도 부끄럽다.

나는 섬진강가 작은 마을에서 태어나 자라 살고 있다. 나는 스무 살 무렵에야 책을 읽었다. 나는 계획을 모르는 사람이다.

책을 읽다가 보니 생각이 많아져서 그 생각을 쓰기 시작했더니, 시가 되었다. 그래서 시인으로 산다. 지금도 나는 시에 자신이 없다. 써지니 쓸 뿐이다.

나는 계획을 모르는 사람이고, 나 스스로도 무슨 일을 도모하지 못한다. 도모한다 해도 서툴러서 나나 주위 사람을 괴롭히기 일쑤다. 책을 읽기 시작하고 어디선가 떠오른 생각을 쓰기 시작하면서부터 나는 잠을 자지 못했다. 책 읽고 글 쓰는 일이 즐겁고 또 벅찼다.

나는 달빛이 방 안 가득 스며드는 방에서 살았다. 달빛이 괴로워 잠들지 못하면 밖으로 나가 강가를 돌아다녔다. 무엇은 괴로웠고, 무엇은 외로웠고, 무엇은 나를 검은 산 아래 세워두게 했다.

나는 달빛에 엎디어 달빛으로 시를 쓰며 밤을 하얗게 밝혔다. 그러나 나의 글은 아침을 너무 허망하게 하였다. 나는 허망을, 허무를 그때 익혔다.

나는 지금도 모른다. 왜 내가 시인인지를…….

그 여자

함께 핀 꽃에 처음 익은 능금은
먼저 떨어졌습니다.

오늘도 가을바람은 그냥 붑니다.

길가에 떨어진 붉은 능금은
지나던 손님이 집어 갔습니다.

윤동주의 「그 여자」가 쓰인 때는 1937년이다. 1937년이면 윤동주 시인이 용정 광명학원 중학부 5학년 재학 때다. 그의 나이 스무 살 때다. 윤동주의 평전을 쓴 송우혜 작가에 의하면 그때 북간도에도 위안소가 있었을 가능성이 있다고 한다. 몇 해 전 임대혁이라는 가수가 〈그 여자〉라는 노래집을 냈는데, 그 노래집 표지 사진에 소녀상과 가수가 나란히 앉아 있다.

'함께 핀 꽃에 처음 익은 능금은 먼저 떨어졌다'는 말이 떠오르게 하는 이미지는 그런 역사적인 의미에 가깝다.

바람이 불어

바람이 어디로부터 불어와
어디로 불려 가는 것일까,

바람이 부는데
내 괴로움에는 이유가 없다.

내 괴로움에는 이유가 없을까,

단 한 여자를 사랑한 일도 없다.
시대를 슬퍼한 일도 없다.

바람이 자꾸 부는데
내 발이 반석 위에 섰다.

강물이 자꾸 흐르는데
내 발이 언덕 위에 섰다.

'단 한 여자를 사랑한 일도 없다.'

이 말의 어려움을 나는 죽었다가 깨어나도 이해할 수 없을 것이다. 그 누가 있어, 이 시 구절을 풀어놓는다 해도 나는 믿을 수가 없을 것이다.

'내 괴로움에는 이유가 없다.'

또 다른 고향

고향에 돌아온 날 밤에
내 백골이 따라와 한방에 누웠다.

어두운 방은 우주로 통하고
하늘에선가 소리처럼 바람이 불어온다.

어둠 속에 곱게 풍화 작용하는
백골을 들여다보며
눈물짓는 것이 내가 우는 것이냐
백골이 우는 것이냐
아름다운 혼이 우는 것이냐

지조 높은 개는
밤을 새워 어둠을 짖는다.

어둠을 짖는 개는
나를 쫓는 것일 게다.

가자 가자

쫓기우는 사람처럼 가자

백골 몰래

아름다운 또 다른 고향에 가자.

1941년 9월에 쓴 시다. 윤동주의 고향은 만주 북간도다. 북간도에서 태어나 자라 서울에서 연희전문학교를 다녔다. 다시 일본으로 건너가 대학을 다녔다. 항일운동 죄로 형을 받고 복역 중 8.15해방을 몇 달 앞둔 1945년 2월에 생을 마감하였다.

그의 고향은 인간의 고향이었고, 민족의 해방은 곧 고향을 되찾는 것이었다. 시인은 애통하게도, 아니 시인답게 그 고향을 눈으로 보지 못하고 눈을 감은 것이다. 시인의 운명 같다. 시인은 그렇게 이룰 수 없는 인간의 또 다른 '고향' 앞에 죽어, 서 있는 사람이다.

참회록

파란 녹이 낀 구리 거울 속에
내 얼굴이 남아 있는 것은
어느 왕조의 유물이기에
이다지도 욕될까.

나는 나의 참회의 글을 한 줄에 줄이자.
—만 이십사 년 일 개월을
　무슨 기쁨을 바라 살아왔던가

내일이나 모레나 그 어느 즐거운 날에
나는 또 한 줄의 참회록을 써야 한다.
—그때 그 젊은 나이에
　왜 그런 부끄런 고백을 했던가

밤이면 밤마다 나의 거울을
손바닥으로 발바닥으로 닦아보자.

그러면 어느 운석 밑으로 홀로 걸어가는

슬픈 사람의 뒷모양이

거울 속에 나타나 온다.

'—만 이십사 년 일 개월을
　무슨 기쁨을 바라 살아왔던가'.

'—그때 그 젊은 나이에
　왜 그런 부끄런 고백을 했던가'.

나는 만 72년을 살았다. 나의 거울은 나의 때가 너무 두터워 닦아도, 닦아도 내 얼굴이 나타나지 않을 것이다. 내가 왜 그렇게 살았는지, 내가 왜 그때 그랬는지……. 나는 부끄러워서 하늘을 바라보지 못한다.

쉽게 씌어진 시

창밖에 밤비가 속살거려
육첩방은 남의 나라,

시인이란 슬픈 천명인 줄 알면서도
한 줄 시를 적어 볼까,

땀내와 사랑 내 포근히 품긴
보내 주신 학비 봉투를 받아

대학 노—트를 끼고
늙은 교수의 강의 들으러 간다.

생각해보면 어린 때 동무들
하나, 둘, 죄다 잃어버리고

나는 무얼 바라
나는 다만, 홀로 침전하는 것일까?

인생은 살기 어렵다는데
시가 이렇게 쉽게 씌어지는 것은
부끄러운 일이다.

육첩방은 남의 나라.
창밖에 밤비가 속살거리는데,

등불을 밝혀 어둠을 조금 내몰고,
시대처럼 올 아침을 기다리는 최후의 나,

나는 나에게 작은 손을 내밀어
눈물과 위안으로 잡는 최초의 악수.

다다미가 여섯 장 깔린 방이다. 1942년에 쓴 시다. 일본이다. 잡을 손은 자신의 손이 전부였을 것이다. 손이 마음이다. 그 눅눅한 외로움에 뼈가 시리다.

봄 2

봄이 혈관 속에 시내처럼 흘러
돌, 돌, 시내 가까운 언덕에
개나리, 진달래, 노—란 배추꽃,

삼동을 참아온 나는
풀포기처럼 피어난다.

즐거운 종달새야
어느 이랑에서나 즐거웁게 솟쳐라.

푸르른 하늘은
아른, 아른, 높기도 한데……

추운 겨울 석 달을 살아낸 땅에 돌돌돌 피가 도는 활기찬 봄이다. 무엇인가 '피가 도는' 기쁨이 찾아오고 있다. 개나리 진달래 노란 배추 꽃 언 땅을 뚫고 돋아나는 풀포기, 보리밭 이랑에서 종달새 솟구치는 봄이 오고 있다. 그런 봄이 오기를 시인은 기다렸던 것이다. 이 시는 1942년에 쓰였으므로…….

아침

휙, 휙, 휙 소꼬리가 부드러운 채찍질로 어둠을 쫓아,

캄, 캄, 캄, 어둠이 깊다 깊다 밝으오.

이제 이 동리의 아침이,

풀살 오른 소 엉덩이처럼 기름지오

이 동리 콩죽 먹는 사람들이,

땀물을 뿌려 이 여름을 자래웠소.

잎, 잎, 풀잎마다 땀방울이 맺혔소.

여보! 여보! 이 모든 것을 아오.

'자래', 기르다의 북쪽 말이다.

소는 꼬리가 길다. 꼬리가 길어 꼬리로 많은 일을 한다. 모기도 쫓고, 극성스럽게 달라붙는 파리도 쫓고, 해 저물고 어두워지면 피를 빨려고 달라붙는 쇠파리도 쫓는다. 무더운 여름날 강물 속에 데려다놓으면 꼬리에 물을 묻혀 온몸에 뿌린다. 추운 겨울 동안 외양간에서 여물만 먹고 지낸 소들이 강변으로 나가 새 풀을 뜯어먹으면 풀살이 오른다. '풀살'이란 말을 쓴 시인이 나는 신기하다. 어찌 이 말을 알았을까.

'여보! 여보!'

'이 모든 것을' 시인은 어찌 알았을까?

돌아와 보는 밤

세상으로부터 돌아오듯이 이제 내 좁은 방에 돌아와 불을 끄옵니다. 불을 켜 두는 것은 너무나 피로롭은 일이옵니다. 그것은 낮의 연장이옵기에——

이제 창을 열어 공기를 바꾸어 들여야 할 텐데 밖을 가만히 내다보아야 방 안과 같이 어두워 꼭 세상 같은데 비를 맞고 오던 길이 그대로 빗속에 젖어 있사옵니다.

하루의 울분을 씻을 바 없어 가만히 눈을 감으면 마음속으로 흐르는 소리, 이제, 사상이 능금처럼 저절로 익어 가옵니다.

윤동주의 시를 읽다가 깜짝 놀라 다시 읽어볼 때가 많다. 윤동주 시뿐만이 아니다. 어떤 시를 읽고는, 금방 다시 읽어보는 시들이 있고, 그 시인의 시들을 여기저기 뒤적여 찾아 읽을 때가 있다. 이 시가 이 시인이 쓴 시일까 하며 말이다.

「돌아와 보는 밤」도 읽을 때마다 나를 깜짝 놀라게 한 시다. 손을 뻗으면 잡히도록 내 머리맡에 두고 읽고 싶은 시인의 시들이 있다. 김소월, 백석, 윤동주, 이상, 이용악의 시도 내게는 그렇다. 퍼뜩 제 정신이 '돌아와' 다시 읽는 이 시처럼 말이다.